Clara

DESSIN ET COULEURS

CÉCILE

SCÉNARIO

CHRISTOPHE LEMOINE

LE LOMBARD

BRUXELLES

Un grand merci à Cécile et à Pôl Scorteccia pour leur confiance. Et une pensée particulière à tous ceux qui doivent traverser le Fossé des Larmes. Certains doivent apprendre à le faire très jeunes.

CHRISTOPHE

Merci à Christophe, Pôl, Julie, aux enfants et à Patrick.

CÉCILE

Certifié PEFC

Ce produit est issu de forêts gérées durablement et de sources recyclées et contrôlées.

PEFC 10-31-1800

pefc-france.org

http://cecile-images.blogspot.com

Lettrage: Michel Brun

Première édition

D/2012/0086/137
ISBN 978-2-8036-3071-4

Dépôt légal : mai 2012
Imprimé et relié en France par PPO Graphic,
91120 Palaiseau

LES ÉDITIONS DU LOMBARD
7, AVENUE PAUL-HENRI SPAAK
1060 BRUXELLES - BELGIQUE

WWW.LELOMBARD.COM

UNE DES CHOSES QUE J'ADORE LE PLUS AU MONDE...
... C'EST QUAND MAMAN VIENT ME CHERCHER À L'ÉCOLE.
ON PASSE PAR LE SQUARE...
ON PARTAGE LE GOÛTER AVEC LES CANARDS...
ON JOUE À LA BALANÇOIRE.
EN RENTRANT, ON S'ARRÊTE À LA BOULANGERIE.
LA BOULANGÈRE ME DONNE TOUJOURS UN BONBON.

UNE FOIS RENTRÉES À LA MAISON...
... ON FAIT DE LA MUSIQUE...
MAMAN EST UNE SUPER MUSICIENNE!
... ET NOTRE TOILETTE!
TON GRAIN DE BEAUTÉ EST TOUJOURS LÀ, MAMAN.
OUI, CLARA. ET TU AS EXACTEMENT LE MÊME.
PAPA RENTRE SOUVENT TARD DE SON TRAVAIL.

MAIS AUJOURD'HUI…
… MAMAN N'EST PAS LÀ À LA SORTIE DE L'ÉCOLE.
JE SUIS OBLIGÉE D'ALLER À LA GARDERIE.
Garder
LES GOÛTERS SONT NULS. C'EST JUSTE DU PAIN AVEC DE LA CONFITURE.
ET LES JOUETS SONT TOUT ABÎMÉS.
FINALEMENT, MAMAN ARRIVE.
AVEC UNE DRÔLE DE FIGURE.

ON NE PASSE PAS PAR LE SQUARE.
PAS DE GOÛTER AVEC LES CANARDS.
PAS DE BALANÇOIRE.
PAS D'ARRÊT À LA BOULANGERIE.
Boulangerie
erie
ET MAMAN N'ÉCOUTE RIEN!

CE SOIR, JE FAIS DE LA MUSIQUE TOUTE SEULE.
MAMAN NE ME PARLE MÊME PAS...
J'ESPÈRE QU'ELLE N'A PAS OUBLIÉ...
POURVU QU'ELLE N'AIT PAS OUBLIÉ...
PAPA ARRIVE TARD, COMME D'HABITUDE.
ET ILS S'ENFERMENT POUR SE DIRE DES SECRETS.

VOUS PARLEZ DE MON CADEAU?
VOUS... VOUS AVEZ OUBLIÉ?! C'EST MON ANNIVERSAIRE AUJOURD'H...
OH MAIS NON...
JE FILE CHERCHER UN GÂTEAU!
OUI... ET... EUH... MOI, JE M'OCCUPE DU CADEAU...
J'Y CROIS PAS! COMMENT VOUS AVEZ PU OUBLIER?
NOUS N'AVONS RIEN OUBLIÉ DU TOUT, CLARA.
JE VAIS CHERCHER TON CADEAU.

EUH... BON ANNIVERSAIRE, MA CLARA !
NON MAIS C'EST QUOI, CETTE VIEILLE POUPÉE MOCHE?
J'AVAIS DEMANDÉ UN «ROBOT DOG» COMME À LA TÉLÉ, MOI!
ÉCOUTE, CLARA, ON A EU UNE JOURNÉE UN PEU... EUH... DIFFICILE.
C'ÉTAIT LA MIENNE, TU SAIS. QUAND J'AVAIS TON ÂGE.
MOUAIS.
TU L'AURAS, TON «ROBOT DOG». LA POUPÉE, C'EST JUSTE UN CADEAU POUR AUJOURD'HUI.

TU LAISSES LA PORTE OUVERTE?
OUI, MA CHÉRIE.
TOI, LA MOCHETÉ...
CACHE-TOI!

ET LE LENDEMAIN...
MAMAN!
... TOUT REDEVIENT NORMAL.
ON RETROUVE NOS HABITUDES.
MAMAN EST QUAND MÊME UN PEU BIZARRE... COMME SI ELLE SE FORÇAIT À ÊTRE JOYEUSE.

MON «ROBOT DOG»!!
TU ES CONTENTE?
OH OUI!
CE SOIR, PAPA RENTRE AVANT QUE JE SOIS EN PYJAMA.
NOUS MANGEONS TOUS ENSEMBLE.

MAMAN PRÉPARE SA VALISE.
TU T'EN VAS? TU PARS OÙ, MAMAN?
EUH... JE NE SAVAIS PAS COMMENT TE L'ANNONCER, CLARA... JE PARS À L'HÔPITAL CE SOIR.
À L'HÔPITAL? MAIS... TU ES MALADE?
RIEN DE GRAVE, MON CŒUR...
J'Y VAIS JUSTE QUELQUES JOURS.
MAIS... ET TU REVIENS QUAND?
DÈS QUE JE SERAI GUÉRIE. C'EST PROMIS.
TU VEUX QUE JE T'AIDE POUR TA VALISE?
NON MERCI, MON AMOUR. VA JOUER.
JE T'APPELLE QUAND ON PART.

LE SOIR, AVEC PAPA, ON ACCOMPAGNE MAMAN.
ET NOUS PARTONS.
ÇA FAIT BIZARRE, LE SIÈGE VIDE DE MAMAN.

LES JOURS SUIVANTS, C'EST PAPA QUI VIENT ME CHERCHER À L'ÉCOLE. IL RENTRE TÔT DE SON TRAVAIL, MAINTENANT.
PAPA EST BEAUCOUP MOINS FORT QUE MAMAN AVEC LES CANARDS ET LA BALANÇOIRE.
MAIS LUI, IL ACHÈTE PLEIN DE BONBONS !
ALORS, LE SOIR, JE N'AI PLUS TRÈS FAIM... MAIS CE N'EST PAS GRAVE...
... PARCE QU'EN CUISINE, IL N'EST PAS TRÈS FORT NON PLUS.
TIENS, PAPA, JE TE DONNE MA PART.

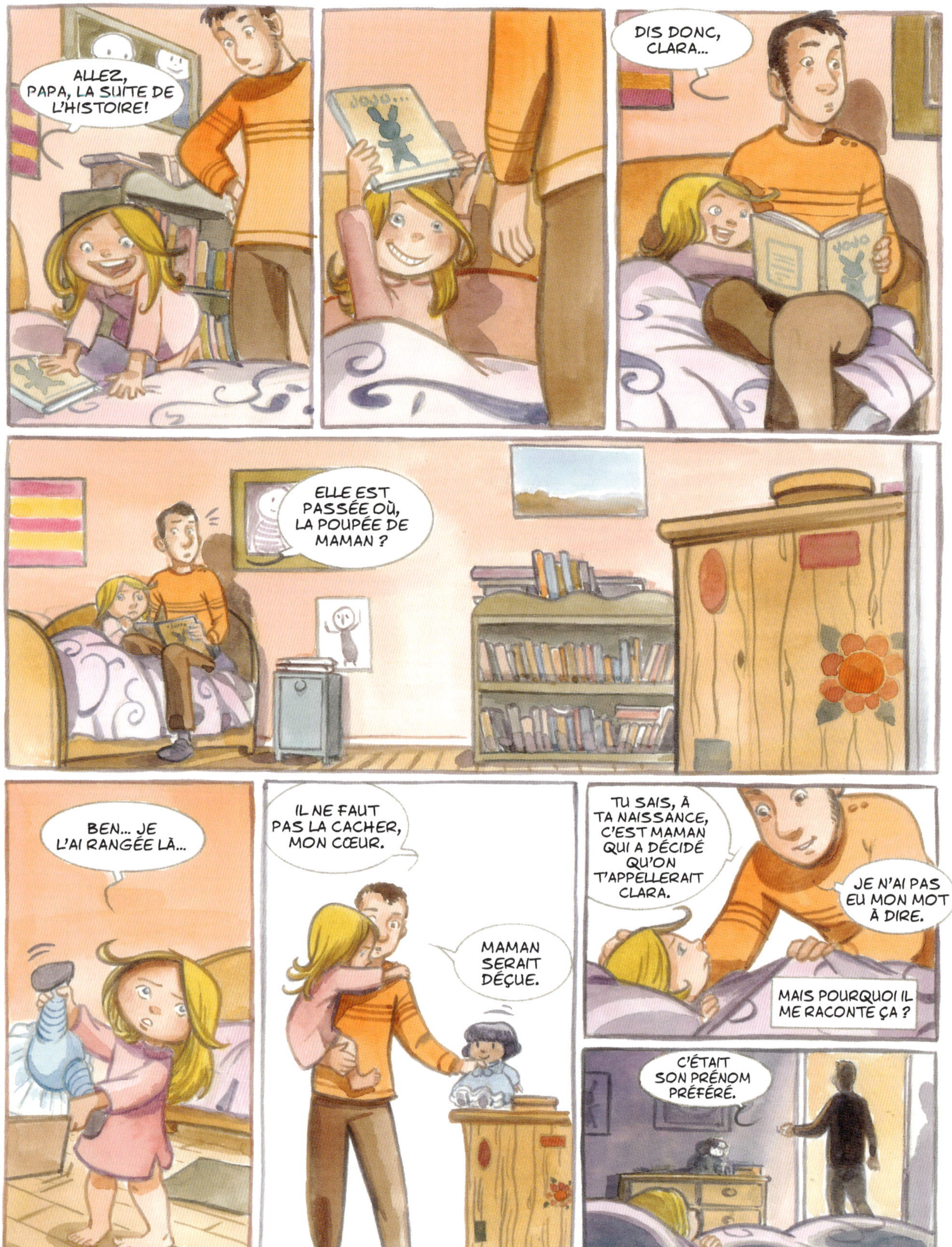

ALLEZ, PAPA, LA SUITE DE L'HISTOIRE!
DIS DONC, CLARA...
ELLE EST PASSÉE OÙ, LA POUPÉE DE MAMAN ?
BEN... JE L'AI RANGÉE LÀ...
IL NE FAUT PAS LA CACHER, MON CŒUR.
MAMAN SERAIT DÉÇUE.
TU SAIS, À TA NAISSANCE, C'EST MAMAN QUI A DÉCIDÉ QU'ON T'APPELLERAIT CLARA.
JE N'AI PAS EU MON MOT À DIRE.
MAIS POURQUOI IL ME RACONTE ÇA ?
C'ÉTAIT SON PRÉNOM PRÉFÉRÉ.

CETTE NUIT-LÀ,
JE FAIS PLEIN DE
DRÔLES DE RÊVES.

SOUVENT, ON VA VOIR MAMAN À L'HÔPITAL
MAMAN EST BRANCHÉE À DES MACHINES QUI FONT UN PEU PEUR.
MAIS ELLE VA GUÉRIR...
COMME MOI QUAND J'AI EU LA GRIPPE...
J'AI ÉTÉ TRÈS MALADE ET MAINTENANT, JE SUIS GUÉRIE.

PARFOIS, MAMAN EST VRAIMENT FATIGUÉE.
TELLEMENT FATIGUÉE QU'ELLE N'ARRIVE PLUS À SOURIRE.
MAMAN?
CHUT... S'IL TE PLAÎT, CLARA...
À SAMEDI, MA CHÉRIE.

AUJOURD'HUI, C'EST MAMIE QUI VIENT ME CHERCHER.
D'HABITUDE, JE NE LA VOIS QU'AUX VACANCES. ELLE HABITE LOIN, MAMIE.
POURQUOI TU ES VENUE, MAMIE?
ALLONS NOUS ASSEOIR, TU VEUX BIEN?
CLARA, TA MAMAN ÉTAIT TRÈS MALADE... TROP MALADE...
... ET... VOILÀ... TU NE LA REVERRAS PLUS... ELLE EST PARTIE...
PARTIE ? MAIS OÙ ?
TRÈS LOIN, CLARA... TRÈS, TRÈS LOIN...

SI MAMAN ÉTAIT TRÈS MALADE, COMMENT ELLE A FAIT POUR PARTIR LOIN ?
C'EST N'IMPORTE QUOI.
À LA MAISON, MAMIE ME PRÉPARE DE BONNES CRÊPES.
MAIS POURQUOI MAMIE EST ICI ? ET POURQUOI ELLE ME DIT QUE MAMAN EST PARTIE ?

CE SOIR, JE REGARDE LA TÉLÉ TARD. ON ATTEND PAPA.
PAPA !!!
TU ME LIS UNE HISTOIRE ?
PAS D'HISTOIRE, MON AMOUR, IL EST TROP TARD.
PAPA... ELLE EST PARTIE OÙ, MAMAN ?
DEMAIN, JE TE PARLERAI DE MAMAN.
PROMIS ?
PROMIS.
BONNE NUIT, MA PUCE.

BONNE NUIT, PAPA...
DIS DONC, TOI QUI CONNAIS MAMAN DEPUIS LONGTEMPS...
... TU VAS PEUT-ÊTRE ME DIRE CE QUI LUI EST ARRIVÉ ?
TA MAMAN NE SERA PLUS LÀ, CLARA. MAIS ELLE NE T'ABANDONNE PAS.
MAIS... TU BOUGES ET TU PARLES ?!?
JE PARLE À CEUX QUI SAVENT M'ÉCOUTER. MAIS C'EST UN SECRET ENTRE TOI ET MOI.
PAPAAAA !!!

LA POUPÉE PARLE !
JE TE JURE, PAPA! ELLE M'A DIT QUE MAMAN NE SERA PLUS LÀ!
TOUT VA BIEN?
OUI... TOUT VA BIEN, BELLE-MAMAN...
TU VEUX DORMIR AVEC MOI?

CLARA...
TU TE SOUVIENS DE CE QUI EST ARRIVÉ À JOJO, TON COCHON D'INDE ?
OUI, ON L'A RETROUVÉ MORT DANS SA CAGE.
EH BIEN, IL... IL EST ARRIVÉ LA MÊME CHOSE À TA MAMAN.
MAIS MAMAN N'EST PAS UN COCHON D'INDE.
CLARA, LES GENS AUSSI PEUVENT MOURIR... TOUS LES ÊTRES VIVANTS.

MAMAN ÉTAIT TRÈS MALADE...
ELLE A REÇU LES RÉSULTATS DE SES EXAMENS LE JOUR DE TON ANNIVERSAIRE, CLARA...
... ELLE A DÛ FAIRE DES EXAMENS POUR SAVOIR À QUEL POINT ELLE ÉTAIT MALADE...
ET LES RÉSULTATS N'ÉTAIENT PAS BONS DU TOUT...
CE JOUR-LÀ, MAMAN A ÉTÉ TELLEMENT EFFRAYÉE, TELLEMENT PERTURBÉE, QU'ELLE A OUBLIÉ D'ACHETER TON CADEAU D'ANNIVERSAIRE...
LIBRAIRIE
TOUTE LA JOURNÉE, ELLE A MARCHÉ EN VILLE SANS TROP SAVOIR OÙ ALLER...
LE SOIR, MAMAN M'A PARLÉ DE SES RÉSULTATS, NOUS ÉTIONS TRISTES ET TU ES VENUE NOUS RAPPELER QUE C'ÉTAIT TON ANNIVERSAIRE.
ALORS MAMAN T'A OFFERT SA POUPÉE.
PUIS ELLE EST PARTIE À L'HÔPITAL, MAIS LES MÉDECINS N'ONT PAS RÉUSSI À LA SOIGNER. ELLE S'EST ENDORMIE, ET PUIS... ELLE EST MORTE...
SI MAMAN EST MALADE, ELLE EST SÛREMENT RETOURNÉE MARCHER DEHORS ET ELLE S'EST PERDUE...

PAPA ET MAMIE M'EMMÈNENT À L'HÔPITAL.
VOUS CROYEZ VRAIMENT QU'ELLE DOIT LA VOIR? ÇA PEUT ÊTRE UN CHOC.
JE SAIS, BELLE-MAMAN. MAIS JE PENSE QUE C'EST MIEUX.
ELLE DOIT COMPRENDRE CE QUI EST VRAIMENT ARRIVÉ À SA MÈRE...
TU SAIS DE QUOI ILS PARLENT ?
TU NE PEUX ME PARLER QUE QUAND NOUS SOMMES SEULES, C'EST ÇA ?

HOPITAL
NOUS SOMMES ARRIVÉS.
BONJOUR, MESSIEURS-DAMES.
BONJOUR.
VOUS M'ATTENDEZ UN MOMENT ?
TU ÉTAIS TROP PETITE POUR T'EN SOUVENIR, CLARA, MAIS MOI AUSSI, J'AI EU DU MAL À ADMETTRE LA MORT DE PAPY...
IL M'A FALLU DU TEMPS... IL FAUT TOUJOURS BEAUCOUP DE TEMPS.
C'EST ÇA QUI EST TRÈS COMPLIQUÉ AVEC LA MORT: CEUX QUI MEURENT NOUS LAISSENT AVEC NOTRE CHAGRIN, ILS NOUS MANQUENT ET ON NE SAIT PAS OÙ ILS VONT.
IL Y A DES GENS QUI DISENT QU'ILS VONT AU CIEL, D'AUTRES DISENT QU'ILS PARTENT DANS DES MONDES SOUS LA TERRE, D'AUTRES ENCORE...

ET TOI, MAMIE, TU CROIS QU'ILS VONT OÙ, LES MORTS ?
JE NE SAIS PAS OÙ ILS VONT, CLARA. MAIS JE SAIS OÙ TROUVER TON GRAND-PÈRE QUAND J'AI BESOIN DE LUI. ICI.
CLARA...
JE VAIS T'EMMENER VOIR MAMAN. IL FAUT QUE TU SOIS FORTE.

MAMAN!
MAMAN?
TU VOIS, CLARA, C'EST LE MOMENT DE LUI DIRE AU REVOIR.
ELLE N'EST PAS MORTE! ELLE DORT!
TU AS PEUT-ÊTRE RAISON, CLARA...
MAIS ELLE NE SE RÉVEILLERA PLUS.

TU MENS !
TU MENS !
ELLE VA SE RÉVEILLER ! ELLE DORT ! MAMAN VA SE RÉVEILLER !
INERARIUM
UNERARIUM
CLARA !!!
CLARA !!!
CLARA !!!

CLARA !
CLARA...
ÇA N'ÉTAIT PAS VRAIMENT MAMAN LÀ-BAS, HEIN ?... C'EST COMME SI ELLE N'ÉTAIT PLUS DEDANS... DEDANS ELLE-MÊME...
TOI, TU SAIS OÙ ELLE EST PARTIE?
TA GRAND-MÈRE A RAISON, CLARA. PERSONNE NE SAIT OÙ VONT LES MORTS.
MAIS TU M'AVAIS DIT QU'ELLE N'ÉTAIT PAS MORTE!
NON, JE T'AI DIT QU'ELLE NE T'ABANDONNAIT PAS. CE N'EST PAS LA MÊME CHOSE.
VOUS M'EMBÊTEZ TOUS!!!
JE NE VEUX PLUS TE VOIR!!!

BEN... TU VAS OÙ?...
REVIENS! NE... NE PARS PAS!
ATTENDS-MOI!!

NON, REVIENS!... EXCUSE-MOI! JE NE VOULAIS PAS DIRE ÇA!

IL NE FAUT PAS RESTER LÀ, C'EST TRÈS DANGEREUX.
MAIS QUI ÊTES-VOUS… ET OÙ SOMMES-NOUS ?
ICI, C'EST LE PAYS DES POUPÉES ET DES PELUCHES QUI ONT ÉTÉ ABANDONNÉES.
TA POUPÉE A ÉTÉ ENLEVÉE PAR L'EMPORTE-DOUDOU. IL L'EMMÈNE AU GRAND CROQUE-TOUT QUI VA LA MANGER.
MAIS JE NE L'AI PAS… ABANDONNÉE !
JE ME SUIS MISE EN COLÈRE, C'EST TOUT !
COMMENT JE POURRAIS LA RETROUVER ET LA SAUVER ?
LE NOUNOURS M'EXPLIQUE ALORS CE QUE JE DOIS FAIRE…

D'ABORD, JE DOIS ALLER JUSQU'AU CHÂTEAU DU HAUT-CHAGRIN.
ENSUITE, JE DOIS TRAVERSER LE FOSSÉ DES LARMES.
LE NOUNOURS M'A PRÉVENUE, C'EST TRÈS DANGEREUX.

POUR LE TRAVERSER
SANS ME NOYER, JE DOIS ME VIDER
DE TOUTES MES LARMES. C'EST
LE SEUL MOYEN.
ALORS JE PENSE À MAMAN.
ET TOUTES MES LARMES SORTENT
DE MOI ET M'ENTOURENT
POUR ME PROTÉGER.

ET ELLES M'EMMÈNENT DE L'AUTRE CÔTÉ.

LE CHÂTEAU DU HAUT-CHAGRIN N'A PAS VRAIMENT DE PORTE PUISQUE L'EMPORTE-DOUDOU AMÈNE SES VICTIMES EN VOLANT PAR-DESSUS SES MURAILLES.
LE NOUNOURS M'A DIT QUE LA SEULE FAÇON D'ENTRER, C'EST DE PASSER PAR LES ÉGOUTS.
AH ! LÀ, LÀ... QU'EST-CE QUE ÇA PUE ICI !

BON APPÉTIT, MAÎTRE.
MA POUPÉE!
NON! ATTENDEZ!
ARRÊTEZ, MONSIEUR LE GRAND CROQUE-TOUT! IL NE FAUT PAS LA MANGER!
CLARA!

VOUS NE DÉVOREZ QUE LES JOUETS ABANDONNÉS...
ET CETTE POUPÉE N'EST PAS ABANDONNÉE PUISQUE JE SUIS VENUE LA CHERCHER.
ET QU'EST-CE QUI ME PROUVE QUE CETTE POUPÉE EST À TOI, PETITE FILLE?
CLARA, SAUVE-TOI! IL VA TE MANGER, TOI AUSSI!
TOI, SILENCE!
SI C'EST BIEN TA POUPÉE, DIS-MOI SON NOM ET TU POURRAS REPARTIR AVEC ELLE.
OH ZUT... MAMAN NE M'A JAMAIS DIT COMMENT ELLE S'APPELAIT !!

CLARA, C'ÉTAIT LE PRÉNOM PRÉFÉRÉ DE MAMAN...
CLARA ! ELLE S'APPELLE CLARA !
TOI, MONTRE-LEUR LE SOUTERRAIN AUX MIROIRS QUI PASSE SOUS LE FOSSÉ DES LARMES...
ET QU'ELLES NE REVIENNENT PLUS JAMAIS !

C'EST BIEN QUE TU AIES COMPRIS QUE TA MAMAN M'AVAIT APPELÉE CLARA QUAND ELLE ÉTAIT PETITE.
MAIS DIS-MOI, ON NE PEUT PAS LA RETROUVER PAR ICI, MAMAN?
ELLE NE SERAIT PAS AU PAYS DU GRAND CROQUE-TOUT, ELLE AUSSI?
NON. TA MAMAN EST PARTIE POUR TOUJOURS DANS UN AUTRE PAYS. LE PAYS DES GENS MORTS...
ET IL N'Y A QU'UNE FAÇON D'Y ALLER.
TU N'AS PAS ENVIE DE MOURIR, CLARA, PAS VRAI?
NON.

JE PEUX TE MONTRER QUELQUE CHOSE, SI TU VEUX.
MAMAN ! C'EST MAMAN !
NON, CLARA, CE N'EST PAS TA MAMAN...
C'EST UN MIROIR QUI MONTRE L'AVENIR.
C'EST TOI, PLUS TARD, AVEC TES ENFANTS.
QU'EST-CE QUE JE LUI RESSEMBLE QUAND JE SERAI GRANDE !
OUI. TU COMPRENDS OÙ ELLE EST, MAINTENANT, TA MAMAN ?
ELLE EST UN PEU EN TOI, COMME EN TOUS CEUX QUI L'ONT AIMÉE.

TU SAIS, UNE FOIS PARTIE D'ICI, JE NE POURRAI PLUS JAMAIS TE PARLER.
JE SAIS.
PAPA!!
CLARA!

AUJOURD'HUI, C'EST L'ENTERREMENT DE MAMAN.
FUNERARIUM
CLARA, ON VA METTRE TA MAMAN DANS UN CERCUEIL.
... UNE GRANDE ET JOLIE BOÎTE, CONFORTABLE COMME UN LIT.
APRÈS, NOUS EMMÈNERONS LE CERCUEIL AU CIMETIÈRE...

J'AI ÉCRIT UNE LETTRE À MAMAN. JE VAIS ALLER LA DÉPOSER PRÈS D'ELLE.
AS-TU QUELQUE CHOSE À LUI DONNER, TOI AUSSI ?
OUI, J'AI FAIT UN DESSIN.
J'AIMERAIS METTRE AUTRE CHOSE.
C'ÉTAIT SA POUPÉE... ELLE L'AIMAIT BEAUCOUP.
C'EST UNE BONNE IDÉE, CLARA.
TU AIDERAS MAMAN. OÙ QU'ELLE SOIT, TU L'AIDERAS ET TU LUI DIRAS QUE JE L'AIME.

CHRISTOPHE LEMOINE +
CÉCILE
NOV. 2011